연두색 사랑이 꽃피다

박태원 시집

청어

연두색 사랑이 꽃피다

박태원 지음

발행처 도서출판 청어
발행인 이영철
영업 이동호
홍보 천성래
기획 육재섭
편집 이설빈
디자인 이수빈 | 김영은
제작이사 공병한
인쇄 두리터

등록 1999년 5월 3일
(제321-3210000251001999000063호)

1판 1쇄 발행 2024년 10월 10일

주소 서울특별시 서초구 남부순환로 364길 8-15 동일빌딩 2층
대표전화 02-586-0477
팩시밀리 0303-0942-0478
홈페이지 www.chungeobook.com
E-mail ppi20@hanmail.net

ISBN 979-11-6855-281-4(03810)

이 책은 (재)구미문화재단 「2024 구미 예술창작지원사업」으로 발간되었습니다.

시인의 말

두 번째 시집을 세상에 내놓게 되었다. 구미 문화재단에서 창작지원금을 받아 발간하게 되어 더욱 의미가 있다. 시를 마주하게 된 지가 20년이 되었지만, 아직도 목마른 시인이다. 더 잘 써보려고 노력하면 할수록 자꾸 비켜 가는 것만 같아 속상하다. 그러나 포기하지 않고 지금도 앞에 있는 것을 잡으려고 달려가고 있으니 나 스스로 나에게 박수를 보낸다.

문학이 없는 세상을 생각해 보았는가?

부딪는 자갈밭처럼 삭막하다.

한 편의 좋은 시는 삶을 여유롭게 만들고 보람을 찾게 하고 감사한 마음을 갖게 하여 인생을 바꿔 놓는다. 이번 시집 『연두색 사랑이 꽃피다』를 발간하며 생각해 보니, 아내의 내조가 큰 몫을 담당했다. 사랑하는 아내 정옥금 님의 무릎에 작은 책을 올려놓는다. 고생이 많았던 아내에게 이 책을 드려 위로하고 싶다.

2024년 9월 가을 문턱 서재에서

박태원

차례

2부 연두색 사랑

3부 행복의 노래

4부 추억 소환

1부

그리움

푸른 산 아래에는

높은 하늘 접성산 아래
다소곳이 모여 앉은 작은마을
푸른 산 푸른 들판 모두가 고운 색
조물주가 푸른 물감이 많이 남아
녹색 물감으로 뿌렸나 보다

그 가운데 파란 하늘을
떠 고이는 작은 동네
시린 영혼 마음의 고향인걸
산밑에 사람들은 녹색을 닮았을까
저 산이 힘껏 푸르듯
살 속까지 푸른 피가 흐르겠지

늙은이 마음도 역시 푸르러겠지
마음은 비단결 같아 곱고 주름도 없겠지

마당 넓은 집

흙벽돌을 뽑아
한옥을 짓는다
문간방을 크게 짓고
정원을 만들고
텃밭의 고랑을 만든다

돌을 골라내고
잡초를 걷어내고
땅을 고루어 꽃을 심는다

흔한 채송화 작은 꽃부터
보기 드문 금낭화, 초롱꽃을 심는다
소담한 덩굴장미도 올린다

지나가는 행인 누구든지
머물러 쉬어가는 집
부담 없이 들어와
한 끼니를 나누는 집

언제나 열려있는
울타리가 없어 더욱 인정스러운
내 마음은 마당 넓은 집

여름 바다로의 비상

바다로
나가보자
일상생활의
모든 나래
고이 접어둔 채

살아온 날보다
살아갈 날이 적어
인생의 무게로 느껴질 때

시름을 파도에 던지고
모래 위에 동심의
추억을 새겨보자

낯선 곳에서
하루해가 저물고
지평선에 그림자 길어져
저녁놀이 붉게 타오를 때
소라껍데기 주워 연가를 불러보자

갈매기의 날갯짓이 우릴 부른다
오늘은 그리운 바다로
일탈이다

커피 한 잔으로

은하수 하얗게 내려앉는 여름밤
비 오다 갠 산소의 상큼한 알갱이가
열어 논 창문으로 들어앉습니다

당신과 함께 행복하고 싶은데
헤이즐넛 한 잔으로 홀로 한 이 시간
그리움 섞인 감미로운 음악에 묻혀
내 마음은 풍선을 탑니다

핸들 없는 자동차처럼
반환점도 없이 마냥 가다 보면
밤새 돌아가지 못할까 싶어
그리움만 빼곡히 채운 채
임의 창가만 서성이다
문살에 부딪는 바람 따라 돌아갑니다

삶의 스케치

네 얼굴을 그린다
잘 그리려고 할수록
펜 든 손이 떨리고
생각까지 멍해진다

인생은 지우개로 지워가면서
스케치하는 고난도의 작품
그리다가 지우고 또 그려보는데

하루아침에 잘 그릴 수 없는
끝없는 수련인 것을
한 올 한 올 뜨는
정성이 더해지고
생각 끝에 올려놓는
바둑돌 같은 진지함이라

펜 끝이 무디도록
뼈를 깎는 아픔 속에
윤곽을 드러내
각인되는 삶의 여정이어라

백두대간

바람 부는 날은
바람개비를 돌리고 싶다
고단한 현실을 씽씽 자아내고
가슴으로 바람을 안으면 좋을 것 같아

바람 부는 날이면
바람 편에 푸른 엽서를 부치고 싶다
백두대간 줄기를 따라
백두산에서 지리산까지 1,400㎞를

설악에 시원함을 태백에 전하고
태백에 푸른 엽서 대미산에 걸렸네
하루 지난 늦소식 문장대에 전해져
야호! 외치면 추억되어 돌아오고
바람 배달부가 노고단에 이르러
하루해의 피곤을 씻는다

오늘도 배달부의 오토바이는 열이 달았다
초록 잎 편지는 쉬는 날이 없이
백두대간 등성이를 만진다

정을 주지 마오

선율을 타고
오는 가을은
새악시 걸음으로 오고
고속철같이 지나니
너무 기대하지 마오

내 빈 가슴 공간
다 채우지 못하고
뻥 뚫린 구멍 하나 내고 가니
너무 원망하지 마오

빈자리 낙엽 뒹굴고
발자국 낙엽 부서져
바스락 소리 나도
너무 서러워하지 마오

그러니, 그러니
가을일랑
너무 정을 주지 마오

추석빔

가을의
노른자인
설렘 고인 추석은
호수에 다섯 손가락 단풍잎처럼
둥둥 떠다닌다

아빠 따라간
이십 리 선산 오일장
추석빔 추억이 와삭거린다

두 살 위를 치켜보고
사 온 바지가
허리띠 밑에서
번데기 주름을 잡고
졸라맨 운동화는
뒤꿈치가 밖을 빠끔빠끔
내다보고 길을 익힌다

그때가 그리웁고
아빠 되어 맞는 추석
걷는 걸음에
바윗돌 어깨 지고 가는 추석

빈 둥지

풀숲 속의 빈 둥지엔
자라서 집 떠나간 빈터가 있다

세월이 얼마만큼
여운이 시간으로 돌아
이별의 몸서리도 소용돌이 되어
가슴팍에 저리는 그리움으로 남고
왜 이처럼 덩그러니 빈집인 채
너는 동쪽 하늘을 나는 서쪽 하늘을
날아야 하는가를
아무도 대답해 주지 않는다

긴 여운의 시간 흐른 후에 스스로 물음의
답을 찾았을 땐 날개 지쳐 떨어지는
황혼 무렵 해지는 들녘
그래 오늘도 날갯짓하자

억새풀 눕다

외로움
서걱서걱 익는 들녘을 지키는 억새
강인한 척 풀잎마다
시퍼렇게 날을 세우고
깊은 밤에도 잠들지 않고 성을 지킨다

맨몸으로 뛰어드는 찬바람
온몸으로 막아낼 듯
기세를 높였건만 바람에 항복 당해
일어섰다 앉았다 모진 고통 자아낸다

광경 바라보자니
기진해 드러눕는 네가 보여
너무 가여워 흔들리는 모습 애처롭다

자정 넘어

언제가 올 줄 알았습니다
겨울의 문턱에
살얼음 서릿발 돋고
문풍지 울리는
섣달 해거름이 내리는 밤

모두가 잠들고 마지막 잎새만
밤을 지키는 자정 넘어
수줍은 얼굴로
아무도 모르게 오느라고
슬그머니 왔는가
천사가 뿌린다는 떡가루

나르는 나비 꽃잎에 앉듯
졸고 있는 가로등 위에
은빛 금빛 눈 번갈아 내려
소복소복 마음을 끌고 간다
두 발 번갈아 발자국 찍어
소년같이 강아지같이
뛰어보는 머리 위 추녀엔
할머니의 지팡이가
대롱대롱 달렸다

갈무리

다사다난한 해가
북풍 설한에 밀려
서산에 꼬리 접고 앉아

소곤소곤
못다 한 이야기
밀어로 갈무리하는 시간

한 해가 작열했어도
빛 한 번 쬐지 못하고
세월만 삼킨
악어의 이빨에는
악어새의 하루가 있다

서릿발 같은
아쉬움의 하루를 모아
오늘은 지더라도
내일은 솟으리라
타오르는 불덩이처럼

보름달

보름달이 서산에 걸렸다
환한 빛살이 졸졸 샌다
실오라기 하나 없는
빈 몸뚱어리
꽃무늬 숭숭 박힌
푸른 옷을 입혀야 할 건데

차가운 나의 입김으로는
생명의 신진대사가 꿈뿐이라
밤새 빗살 쪼개느라
몸살 하다 또 바통을 넘기고
서서히 뒤쪽으로 물러
낮에게 하루를 양보한다

생각의 주인공

봄이면
마음 따뜻한 사람이
생각납니다

오늘은
고운 마음 가진 이가
그립습니다

이 시간
싱그러운 유머로
기쁨을 주는 이와
마주하고 싶습니다

지금
진한 커피 향
피어오르고 있습니다

따끈한 차에
내 마음도 실어
함께 나누고 싶습니다

오, 그건
바로 당신입니다

겨울이 오는 길목

겨울이 오는가 보다
여우 목에 입동이 들어선 후
산속 주막에는
바글바글 주전자의 머리 풀어 헤친
기관차 고동이 있고
닫아 논 창문에 낙엽이 앉아 쉬며
살 속을 파고드는
찬 기운은 막아도 찾아든다
길가에 첩첩이
한약 봉 다리 같은 제설 모래는
겨울의 절정 신화를 꿈꾸며
무엇을 기다리는 듯했다

남산 제비

길 가다 보면 꽃을 만난다
단단한 행로 환하게 피어있는
나지막이 피어있는 남산제비꽃
가슴속 숱한 사연 할 말도 많겠지만
아픈 가슴 미소로 채우고
슬픈 가슴 사랑으로 안아
외로운 자의 치료자 된다

나그네의 반가운 친구
조금도 손색없어
밤이면 자기 몸 추슬러
또 아침 손님을 기다리는 너
불도저 같은 때아닌 폭풍도
공수레로 지나는구나
너의 잎 사이로
고개 흔들며 지나는
강풍의 너스레도 받아주고
따뜻한 인사 정주고 받는
너와 눈 맞춤 한다

이렇게 좋은 날에

찬 기운이 남아있는
봄 뜨락에 놀러 온
아침햇살이 무척이나 정겹습니다

저 햇살은 겨울을 녹이고
봄바람 불러와
탐스러운 목련꽃
한 송이 피우겠지요

험한 세월에 모진 광풍에
파도 이는 바다를
낙엽처럼 살아온 인생이
어찌 그리 목련꽃 같사옵니까
아니 얼음 속에서 꽃피우는
동백 같사옵니다

강둑에 갈대는
바람이 아무리 거세어도
몸을 낮출 뿐 꺾이지 아니하고
피부를 감싸고 스칩니다

남은 세월은
믿음의 돛을 올리고
긴 여정 여린 걸음으로
더욱 화사한 빛깔의
계절 꽃 하나 피우소서
이렇게 좋은 날에
얼굴에는 환한 미소
가슴에는 벅찬 기쁨
육체에는 건강으로 채우소서

그리운 시절로

그립다고 말하면
그립다 못해 가슴 아려오는
너와 나의 유년 시절이 있었지

우리는 한 교정에서 뿌리에 생명 머금어
파란만장한 가난한 추억을
책갈피에다 차곡차곡 채웠지
가물가물 꺼져가는 호롱불같이
힘들기만 했던 1960년대 말

바위를 뚫고 서는 소나무같이
쇠하지 않는 열정 하나로 버텨온 벗들아
돌아보니 모두 거기 있었구나
이마에 세월의 계급장 몇 개씩 붙인 네가
멋있고 이쁘게만 보인다

우리 모두 한 걸음으로 내일을 열자
그리고 어두움 뚫고 일어서는
한 줄기의 빛을 보자
너의 좋은 모습 오래도록 간직하길 원한다
이월에서 삼월 에로 가는 길목에는
아지랑이 웃음이 도란도란 정겹구나

가을의 그리움

두레박 깊은 우물만큼이나
깊어진 가을 뜰에는
스산한 바람과 뒹구는 낙엽이
드라마의 엑스트라처럼
종종걸음을 친다

떨어지고 멀어질수록
이별은 서럽고
그리움은 또록또록 피어나
더욱 시리다고 해야겠다

가을! 너는 어째서
남자의 마음을
북처럼 텅텅 비워서 울게 하느냐
가을! 깊어 갈수록 풍선처럼
그리움 커지게 하느냐

가을 상념

벤치가 쓸쓸하다
바람이 돌아간 자리에
벌써 가을이 깊어 가고 있어
친근한 가을 냄새도
이제 서먹하지 않다

보내고 싶지 않지만
떠나고 또 떠날 것들만 남아서
마음조차 심란하고 멍하다
만남 후에 이별이 다 있건만
이별 연습이 제대로 되지 않아
익숙지 못한 통증이
바다 해일같이 밀려오면
자근자근 가을을 씹으며
깊은 상념에 들곤 한다
그래서 가을이 슬픈 것이라 했는가

전원일기

대망리 육백팔 번지
손바닥만 한 텃밭에
일 순위로 모셔 온 참외 셋 수박 두 포기
거름이 넘칠라 모자라면 안 될라
서툰 농사꾼 안달이다

유튜브 농부는
참외 한 포기 이백 개 땄다는데
스무 개 따는 꿈 좀 과한가
물 뿌리지 못하고 하늘에 맡겼으니
맑으려나 비 오려나 바람 불려나
오늘 일기예보를 안고 잔다

내 어릴 적 아버지 수박밭
신작로 옆 원두막도 근사했지
밤손님 우르르 수박 다 가져가고
수박밭 트라우마만 걸어오는데
그래도 못 버리는 꿈 위에
오늘 날씨 화창하여
참외 수박꽃이 노랗게 핀다

2부

연두색 사랑

내 고향

떠나 살면 서럽더라
못 가면 그립더라

생각하면 아련하고
마음만 찡하더라

세월을 뒤로하고
살아온 지난날이

십 년을 몇 번 세어
주마등 되어 떠오르네

내 놀던 뒷동산을
꿈속에 달려가네

초가지붕에
박 익는 내 고향

작은 연못

비가 내린다
창밖의 비는 소나기로 내려
내 마음까지 적신다

먼지 나던 골목길이
작은 도랑이 되어
대지를 만진다

하늘을 향한 목마름을
살며시 잠재우고
촉촉이 젖어가는 땅

빗물은 내 마음의
동굴로 흘러들어
가슴 한편에
작은 연못 하나 만든다

광림

아침 빛 수풀에 내려와
바람결에 눈이 부시다

따스한 햇볕이
심장까지 파고들어
잠든 영혼 깨우며
소곤소곤 정을 나누는 아침

빛과 초록과의
만남의 향연 있고
초목들이 춤추어 벌리는
즐거운 트위스트가 늘 있는 곳

기대로 찾아오는 이방인의 쉼터요
초인들의 사랑방이라

광림이여
그늘진 얼굴에도 웃음꽃 피어올라라
늪에 빠진 몸부림 한가운데서도
미래를 향해 환희로 솟쳐 올라 라

향기를 담뿍 담고
바람을 타고

오늘의 기도

주여
생명 있는 것들이
하루를 접어 들이는 저녁입니다

고요 속에 별 등잔이 늦은 길손의
발등을 비추어 길을 안내하고 있습니다

이 밤 주의 평안으로 채워주시고
하루를 헤아려 회고하는 시간을 주시사
우리 영혼의 목마름을 생수로 축여 주옵소서

먹을 것이 없어 기근이 아니며
마실 물이 없어 기갈이 아닙니다
우리가 생명의 떡에 주리고
영혼의 생수에 목말라 있습니다

주여
주님 닮기를 원하는 소원은 있으나
진정 우리 삶은 먼발치도 뒤따르지 못하는
형식의 삶을 도말시켜 주옵소서

이 밤도
우리로 다시 빚어 주님의 형상 만드사
우리는 주님 안에 죽어지고
그 안에서 한 알의 밀알로
싹을 틔우는 보람으로 기쁨을 갖게 하소서
오늘의 소원입니다

동거

지난봄
지주대를 만들어 세워준
포도나무 덩굴 대에
호박 덩굴이 서서히
기어오르더니
밤이면 몰래 피고
아침에 접는 꽃이 있었다
어느 날 큰 호박이 열어
덩그러니 포도 열매와
동거한다

큰 호박
일년초 식물과
작은 열매 포도나무는
닮은 것이 너무나 딴판인데
땅을 근본으로 산다는 것
하나만으로
서로 엉키어 콧김을 주고받으며
수학의 닮은꼴 찾는 것이 신기하다

둥근 모양인 것 외에 닮은 게 멀어도
서로 몸을 부대끼며 산다
행복을 꿈꾸면서

담쟁이 사랑

울 안에
심겨있는 작은 담쟁이
담 밖 세상이 궁금하여
작은 돌 돋움 놓고 담장을
기웃거리며 길을 찾는데

맘 좋은 벽돌 울타리
잔 등을 빌려주니
얼싸 좋다
담쟁이 길 열었네

홑잎, 혹은 겹잎
밝은 주홍색으로
가을 이불 만들어
조그마한 황록색
꽃을 수놓는데
꽃은 수줍어 잎 속에 숨어드네

담쟁이
싸늘한 가을비 막아주는
세파에 우산 되어
서로 필요로 하는
필연적 만남으로
기웃기웃 담장 밖
세상 구경을 한다

메밀 꽃밭에 앉아

목이 긴 하얀 얼굴에
조금 붉어 비취는 목
마음까지 하얀 얼굴로 나오는
너의 이름 메밀꽃

여름이 더 좋아 큰 키에
훌쩍 자라 망울망울 귀여운 너
하얀 너울 사이로

노랑나비 날갯짓에
암술 수술 흩날리고
소슬바람 나부끼면
고운 색 쪼그리고 내려
하트 모양이 앉는다

지나는 사람마다 폰카 꺼내
이쁜 짓 하며 키 높이로
추억 주워 담기 바쁘고
좋다고 감탄사 연발

꽃잎 우수수 날리는
어느 날 꽃 지고
갈색 얼굴 세모진 아들딸
주렁주렁

신부처럼 오너라

동구 밖
길 어귀에
상기된 얼굴로
초록 저고리 초록 치마 입고
하얀 너울 분홍 너울
쓰고 오너라

나풀나풀
새색시 볼에
고추잠자리
쉬었다 가면

파르르
꽃잎 나부끼는
가을 코스모스는
신부처럼 곱게
단장하고 오너라

꿀벌들이
너의 입술에
깊은 키스로 올 때
가을바람 너의 사랑을
열렬히 축복하리

달맞이꽃

밤만 되면 피어나
노란 꽃술 자태 머금고
달 마중 가는 가을 여인

세상이 어두움에 잠겨서
보이지 않아도
홀로 피어나는 달맞이꽃

키 작아서 까치발 들고 발레 하다가
몸매가 위로 훌쩍 자라
훤칠한 키에 옷매무새
제법 어울린다
쓸쓸한 들녘에서 자라도
달님의 아끼는 단짝인데

어느 날, 짓궂은 소나기
방망이질에 얼굴 중상입고
초췌한 얼굴에 눈물 고여
그 임 보기에 부끄러울라

신비의 세계

우주는 천둥과 우레로
조물주의 광대하심 노래하고
꽃은 저마다의 향기와
색채로 조물주의 섬세함을 알려주네

철 따라서 자라고 피고 지는
신비의 세계는
신묘막측神妙莫測* 놀라워라

우주 속에 점하나 같은 나
하나님의 자상한 관심 있어
노와 애를 적게 하고
희락을 많게 하여 살라 하신다

오늘은 내가 역사의 주인공
역사의 수레바퀴를 타고
신비한 세상 구경 나간다

*'신기하고 오묘하여 측량할 수 없다'라는 의미.

오미자

황장산 맑은 계곡
태고의 신비 감싸 안고
골마다 빨강 구슬
웰빙 열매 영글었네

지주대 따라
덩굴손 굳게 잡아
주렁주렁 매달린
오가네 아가씨들

다섯 가지
입소문 더 높아
문전성시 이루었네
오가네 집 앞

시고 달고
쓰고 맵고 짠맛은
리듬에 꼭 필요한
생약 같은 것

산이 만드는 건

산이 만드는 건
희망일 거다 푸르지 않더냐
산속에 들면 늙어 떨구기 전
찬란한 푸른 희망이
세포를 파고들어
가슴속에 구절초 같은
꽃 하나 피울 거다

산속은 매일 음악회다
새랑 나무 바람의 하모니로
농익은 가을잔치
잔치가 신랑 신부가 나타나는
절정에 이르면 장내는 북적거리고
손 내미는 단풍잎
악수하자고 청한다
산, 우람한 가슴을 내어주니
오늘도 그 산 들어간다

당신이란 이름

당신
고즈넉한 어느 날인가
친근히 다가와
내 마음을 두드렸다

그대의 옷자락은
세인들의 눈물로 적시고
손때 묻어 색깔조차 바래었다

당신을 전격적으로 만나던 날
내 눈은 눈물로 젖고
눈시울 뜨거워지던 날

갈보리 푸른 언덕에
핏물 고여 낙엽도 물들고
누렇게 사물도 빛을 잃었다

이제 그대의
사랑의 바이러스가
살갗을 뚫고
나의 전신을 누룩 퍼지듯 한다

당신의 햇살이
누리에 골고루 입맞춤하는
한낮 지나고 밤이 된 지금

이날 새벽은
보름달이 환한 얼굴로
서산에서 나를 응시해 보누나

회오리 인생

고향이 바로 저긴 데
왜 고향을 뒤로하고
살아야 하는지 몰라
그리운 임들이 살기에
단숨에 달려가
와락 안기고 싶다

둥지가 바로 저긴 데
우리는 왜 흩어져
살아야 하는지 몰라
미묘한 인생의 회오리 속을
헤치고 언덕에 서면

메아리인가
환청인가
귓가에 눈가에 시름을
너도나도 이고 지고
행렬에 끼어 이유 없다

사랑을 주어도
길지 않는 시간을
질시의 마음속 헤매는
그런 오늘이 밉다

국화의 미소

국화여
너의 얼굴에 잔잔한 미소는
순수한 사랑 지고의 순결 빛깔인가

망울을 터뜨려 밖으로 품어내는
하얗고 노오란 고운 마음의 청순한 빛깔
너의 미소에 머물 때면

환상에 잡히고 감동에 젖어
동공이 고정된다

너를 안아 통 채 눈 속에 넣고
눈을 감고 싶다

꽃물 뚝뚝

봄이
앳된 꽃을 안으면
분홍빛 꽃물이
하트 모양 되어
뚝뚝 떨어져
씨앗으로 땅속에 심어져
새색시 입술 같은
핑크빛 사랑을 만든다

등성이에서 망울을 터뜨려
골짜기 가득히 흔들려 피는 꽃
두 손 가득 꽃을 꺾어
웃음이 넘쳤던 시절로
타임머신을 타고
꿈결 여행 가는 게
어찌 좋지 않을까

연두색 사랑

어금니로 모래알 깨물듯
사랑이 모자란 세상은
아무런 미각을 느끼지 못하는
입맛 잃은 서글픈 몸짓이다

잔뿌리로 물기를 머금어
물꼬 튼 가슴에는
생수 같은 연두색 사랑을
배경으로 깔고
그 위에 피워내는 꽃은
무조건 아름답다

핑크보다
더욱 밝고 차분하여
고상한 사랑이 표현될 수 있고
무에서 출발하여 듬직한 푸름을
가꾸어 가는 결실은
마음 구석을 적셔
연둣빛 사랑을 피워낸다

사랑하는 그대에게

창밖
싱그런 아카시아 향기는
봄바람 운율에 맞춰
가슴을 토해놓고 있습니다

진하게 오르는 헤이즐넛도
흉내 내지 못하는 향기는
석양의 저녁놀과
멋진 앙상블을 연출하는
초저녁입니다

일찍 돋는 별을 세며
오늘 저녁도 평안이
안녕하라 안부를 묻습니다

억새 평원

그대여
억새꽃 손짓하는 평원으로 오라
거기는 가을의 깃발이 펄럭인다
나뭇잎 편지가 갈색으로 속 태울 때
여무는 열매 탐스럽게 고개를 떨군다

매혹스러운 화살을 쏘는 저녁놀엔
철새가 가을 길을 안내하고
밀어로 갈길 막는 들녘엔
오색이 찬란하다

창문 밖에서 가을이 손짓하여
마차에다 안장을 채우고
가을 타는 향기 속으로 가자고 한다
갈색 융단 하얀 눈꽃 달린 평원을 가로질러
바람을 타고 달려보자 한다

사랑 결핍증

가문 해 빈 샘물처럼
사랑 고갈입니다
비 없는 구름같이
열매 없는 가을 나무같이
쓸쓸함의 시간입니다
생육에 숨통 조이면
슬픔과 비애가 일렁이고
통증에 아우성입니다
생명은 너와 내가 있기에
더욱 소중한 가치를
얻게 되지 않을까요
한 조루의 물이 기쁘게 합니다
향기 있는 꽃을 피웁니다
당신은 그 물입니다
생명과 사랑을 꽃피우는

갈색 편지

가을날의 그리움은 갈색 깃발이다
내 창문을 흔드는 갈색의 물결이
산등성이에서 왔을 게다
산을 넘고 물을 건넜을 게다

하늘 맑은 날 자전거를 타고
파도처럼 출렁이는 가을 들판을 지나
면 소재지 빨간 집 우체국 앞에 섰다
심쿵한 가슴을 다스리며 썼다가 지우고
다시 쓰기로 밤새운 수취인 부재의 편지

호시절 젊은 날 주고받았던
한 장 편지가 예천군 호명면
어느 고을이었는데 기억 소실이다

소슬바람에 이는 불꽃 속 추억을 붙잡고 싶은데
생각이 먹먹하여 머뭇거리며 돌아서는 길
배시시 웃고 있는 노란 국화 속에

그대 모습이 오버랩되어 미쳐본 날
구멍 난 가슴속에 부는 바람을 막지 못해
가을은 서걱서걱 갈대 소리가 난다

그리스, 튀르키예

그리스, 튀르키예 여행을 갔다
10박의 길고 12시간 비행의 먼 여행이 되어
힘들었지만 당신과 함께한 여정이 참 좋았소
조바심과 염려로 시작했지만
미지의 세계 이색적인 경험
돈으로 계산할 수 없는 일이었잖소
살아오면서 쉽고 편한 것만 찾아
산다면 무슨 의미가 있겠나 싶소
자갈밭 같고 물구덩이 같은 만만찮은
현실이라도 개척해 가면서 인생 참맛과
행복을 느끼며 사는 거지요
내 가는 길 곁에서 늘 지지해 주고
뒷바라지하느라 고생 많은 당신
이제는 모든 염려 걱정 내려놓고
쉬엄쉬엄 건강 돌보면서
여유가 된다면 가까이 있는 나라들
여행도 하면서 맛난 음식도 사 먹고
좋은 구경하면서 살아가자고 말하고 싶소

건강하여 자유롭게 다닐 수 있게
우리에게 허락된 시간이 많지 않으니
우리 행복을 한 땀 한 땀 엮어 손봐서
현관문 앞에 달아놓자고 말하고 싶소
사랑합니다

내 아버지

송아지를 사 오셔서
몇 달을 먹이면 중소가 됩니다
소를 팔아 돈을 마련하고
또 송아지를 삽니다

선산 우시장 가시던
아버지 따라 시장에 간 날
잠바 사달라는 아들 웅석에
아버지는 힘도 못 쓰고
항복하고 말았습니다

오랫동안 잊힌 아버지
자녀의 인기도가
어머니 다음이시던
그대의 별명은 항상
가난, 아픔, 외로움이었지요
그 가슴을 이제 사 더듬어 봅니다

3부

행복의 노래

새날

오늘 새날을 만들고 싶습니다
지루한 날을 걷어버리고
꽃을 심는 소박함으로 시작하는
하루가 아름답듯이
마음의 창에 초롱초롱 맺혀진
영롱한 희망들 주워 모아
밤하늘 별처럼 수놓고 싶습니다

날마다 오는 아침이라 해도
언제나 오는 한낮이라 해도
빛깔 고운 채색 물감으로 연두색을 만들고
분홍색을 만들고 연보라를 만들어
마음의 창에다 그림을 그리겠습니다
모서리 없는 둥근 그림을 그리겠습니다

잘 그리지 못해도
아름다운 면만 보이도록
마음을 표현하는 그림으로 채우겠습니다
지금은 물감을 희석하고 있습니다
구미인龜尾人 먼저 그릴까
상주인尙州人부터 그릴까

창문을 열면

창문을 열어보자
눈부시도록 짙어오는
초록들 사이로
자연의 숨결 느껴보자
아침햇살 받은 나뭇잎들이
다시 만나
지난날 못다 한 정 나누고
다정한 새날의 속삭임 속에
어느새 시간은
반나절을 달린다
잎사귀 사이 숨어 우는
산들바람 사이로
눈에 보일 듯 보이지 않는
아련히 피어오르는 그리움

흥부의 꿈

정다운 제비 한 쌍
우리 집 처마 밑에 토가를 짓는다
엄마 제비 방에서 알을 낳고
아빠 제비 전깃줄에서
외로움에 꾸벅꾸벅 졸고

몇 날 후 엄마 제비 아빠 제비
하늘을 차고 오르는 비행을 시작했다
자식 먹이 먹여 키워
전깃줄 채울 날을 기다리면서

초등학생 시절 국어책에 나오는
흥부가 될 꿈을 꾸고 있다
오늘도 제비집을 쳐다보면서

주전자

늙은 구리 주전자를
깨끗이 닦아
수정알 같은 정갈한 물을
한가득 담았다
구리 주전자와 물
어색한 만남도 잠시뿐
금방 마음을 주고받는다

둥굴레 한 줌을 넣고
서서히 불을 땐다
주전자에는 특유의 맛과
향기가 만들어진다
솔솔솔 향기를 품어 낸다

구수한 맛에 향기를 보탠
차 한 잔이 만들어진다
오늘은 행복 주전자이고 싶다
구수한 시골 맛 나는
차 한 잔 끓이고 싶다

가파른 행복

뚝뚝
꽃잎을 타고내려
떨어지는 빗방울
땅을 적시어 든다

생명을 펴 올리는
심장의 펌프질이
고운 빛살을 받아
속도를 붙이고
꼭대기 높은 데까지
수분의 공급을 아끼지 않는 요즘

작은 창으로 내다보는 세상
창을 타고 오르는 덩굴손들
더 올라가서 붙들 곳 없어도
힘 있게 기어오르는 가파른 행복

거북이 발걸음처럼 느려도
꾸준한 노력에 승부가 있으니
이젠 그 걸음으로 일어나야겠다
그 걸음으로

달팽이처럼

풀잎에 물방울 굴러내리듯
쪼르르 구르는 자동차 물결
어둑한 터널 속에서 눈알 껌벅이며
환한 희망 여는 연습이다

속도감을 느끼는 질주
무상한 세월을 타고 달리려니
매일 오르막을 만난다

힘이 달려 붕붕 대는 엔진에는
저속 기어를 넣어 힘든 길을
천천히 올라가면 정상에 이르고

꼭대기는
매일 꿈꾸는 자가 정복하는 법
과욕을 내지 말고 순리를 지키며

사람 사는 냄새 맡으며
차분하게 느린 달팽이처럼
붓으로 그림을 그리듯이

도공의 혼

오랜 기간
숙련된 석공이
정으로 돌을 쪼아
예술의 극치를 다듬고
세월 먹은 도공이
정성에 혼을 불어
도기를 굽는다

두들겨 맞고 불에 굽혀
만들어지는 명품
아담은 조물주가 만든
걸작품 일 번지
이브는 조물주가 만든
손 공예 일 순위

같은 듯 같지 않고
비슷해도 닮지 않은
희한한 영물로 만들어져
우린 같은 방향을 향해
달리는 마라토너

쉬엄쉬엄 달려요
자연에 눈인사도 나누며
영롱한 아침 햇살 안고
가을 향취에 감탄하면서

행복을 오리는 남자

나의 책상엔 잘 드는 가위
연필꽂이에 같이 산다
한식구라도 쓰임이
서로 달라
출근하는 곳도 다르다

가위를 잡는 날엔
오리고 오려서 행복을 설계한다
하나를 둘로 만들어
둘을 열로 만든다

푸른 꿈 오려
하늘에 못질해 걸어놓고
노란 추억 오려 가슴에 묻어놓고
국화 향기 짙은 색깔
사랑도 오려서 포개놓고
기쁨과 즐거움은 자투리도
버리지 않는다

나쁜 것은 도려내어
불쏘시개 장만하고
좋은 것은 오려
종이학 속에 꼭꼭 가둔다

백록담

성판악 코스로
백록담을 올라간다
조그만 짐이 등 뒤에서 당기고
추위를 재촉하는 비
하루 종일 비협조다

굳게 결심한 출발
발목에 힘 모아
한라산 도전 꿈 이룬다

비 오듯 땀나고
땀나듯 비 오네
하루 종일 주절주절
인내력 타진하네

조릿대
마중 대열 끝까지 반겨주고
흔치 않은 식물도 간간이 손 흔든다

발밑에
용암석 힘내라 응원해도
기진한 몸 세우기 한계가 왔네

한라산 1,950m
백록담에 도달했네
정상에 비바람 기념사진 못 찍어
눈망울 찍힌 사진 쉬 바랠까 염려라

하얀 미소

하늘은
청색 보자기
푸른 꿈을 얼마나 싸려고
이처럼 크게 펼쳐놓았나
드문드문 그리워해도 좋은
하얀 구름 같은 추억과
시린 폭풍우 같은
떠나보낼 먹구름 추억을 덮고도 남을
하늘의 한 자락이라도
여유 있어 찬비 오고
눈보라 내릴 때
고이 펼쳐 지붕으로 가려 주시면
가난한 자의 위로로
하얀 미소 보겠습니다

김장

녹색 치마 즐겨 입고
함초롬히 피는 새악시 얼굴
의기양양 소담하게
내면으로 꼭꼭 채워

찬 서리
한두 방울 얼굴 스치는 날
물속에 질식하다가
얼굴에 빨간 화장 떡칠하고

부끄러움일지 얼굴 화끈거리며
출가하여 옆집으로
살금살금 숨죽여 들어간다

창문을 밀봉한 채
두문불출 살아야 한다네
이 집에 입맛으로 농익어야 한다네
진정 그래야 한다네

새재 조령에는

칼바람도 살더라
주흘산 밑에는
동장군이 주저앉은 조령
인적 드문 산장 카페는
삐거덕 산바람이 들락이고
사리 떼 바위틈에 겨울잠 자네

도포 자락 날리며
과거 보러 넘나들던
한양 줄 잇던 조령고개
너무 높아 주막집 지붕 위에
새들도 쉬어서 넘었다

하얀 눈산 바라보며
욕심 비워 시름 씻어
오늘의 인생 여정
산 오르듯 가련다
물 흐르듯 가련다

자작나무 아래 서면

백두대간 등성이
푸르르던 자작나무
바람에 잎을 잃고
하얀 몸뚱어리
영하의 기운이 시리다

추위를
어지간히 견딘다는
너도 부들부들 우는 것 보니
이게 겨울 맛인가 싶다

따스한 수액이 온몸을
감돌아들 때를 바라고
겨울 신사로 산을 지키는구나

너에게서 생의 멋을 배우고
찬란한 아침을 기다리며
아이엠에프 찬 바람 속을
눈썹 날리며 달리리라

행복 비타민

새 아침을 향해
희망의 창문을 열고
생명의 빛줄기 가지런히 모아
프리즘 통과한 무지갯빛 만들어

가슴마다
듬뿍듬뿍 담아주면
행복 비타민 뿜뿜
혈관을 타고 돌아
화사한 웃음 속의 얼굴

막 피어나는 목련 같은
누구나 웃음 미인이 되고
그래 미인

희망의 봄날

얼음장 밑에서
졸졸졸 화음이 고동친다
밤이 깊으면 아침 오듯
깊은 심연의 겨울밤 너머에는
굳어 정지된 시냇물
생명 박동으로 흘러가면
만물이 입 벌려
젖줄 벌컥벌컥 마시고
콧등에 이슬처럼
아침이 영롱하게 열린다
희망의 봄이 눈앞에 열려
생명을 피우고
꽃을 피우게 되는
그 아침을 나는 기다린다
지금은 먼 것 같은 희망의 아침을

봄엔 가야지

언제 한번 가야지
개나리 노오랗게 피는
언덕 찾아

언제 한번 가야지
분홍 진달래
하늘하늘 손짓하는
동산으로

꼭 한번 가야지
행복의 꽃눈 하얗게 내리는
벚꽃 터널로

하하 그러면 좋겠다
유채꽃 고랑에
엉덩이 비비고 앉아
추억 사진 한 장
만들면 좋겠다

바다 인생

삶의 애달픔
나뭇잎 배 같은 흔들림
기구한 운명이
바람 앞에 촛불처럼 흔들릴 때

마음을 쓰다듬어
출렁이는 바다로 나가자
사나운 바다가
익숙한 사공을 만들 수 있으니

춤추는 바다에서 사랑을 배우고
바다 밑 숨 쉬는
조물주의 숨결까지 습득하고

그리고
바다에서 고난도의 인생을
연습할 수 있을 테니까

능소화 피는 곳

나뭇가지
끝까지 타고 올라
도란도란 웃는 능소화여
너의 모습에 넋 잃었다

명예를 지키는 꽃말에
아름다움의 절정일 때
꽃송이 그대로 떨어져서
기품도 잃어버리지 않는
양반 꽃이라지

너의 품새가 아름다운
덩굴손 아래 작은집 지어
너를 데려와 함께
일생을 보며 행복하고 싶어

오월 산촌

산이 좋아서 산에 오르면
산도 내가 좋아라 맞는다
아낌없이 주는 나무들
둥치에 터를 빌려
딱따구리 집을 짓고
오월에 피는 꽃들이
유월에 뜰을 실례할 즈음
자연의 혜택은 미루는 법 없어
누구 집 밭 언저리
간간이 허리 굽은 고사리
어머니의 손길처럼
날 가져가 저녁 반찬 하란다
고마운 손길에 감동하면서
365일의 하루해가 저문다

날 울리지 말아요

날 울리지 말아요
가시나무 끝의 삭풍처럼
메마른 입김은 싫어요
훈훈한 난로의
주전자 입으로 품어내는
따뜻한 입김이 좋아요
나와 너 모두는
잘빠진 정교한 옷 한 벌로
매끄럽게 포장되어
얄궂은 내면은 가린 채
진열장에 멋쩍게 서 있는
마네킹에 불과해요
대단하다 해도
"도" 길 "개" 길이고요
화려한 포장으론 눈만 더 아파요
속이다 보이네요
눈이 아파 창문 열고
밖을 내다보아야겠습니다

작은집

전원생활이 시작됐다
시골에 새로 지은 집
작아 불편하지 않고
넘쳐서 힘들지 않게
작은 신경 좀 썼다

정원을 만들어 꽃을 데려오고
땅을 쪼아 채소를 심고
파란 정원 잔디 위에
소나무를 심었다

직접 용접해 세운 울타리에
태양광 카페 등을 매달고
불어오는 바람결에 장미꽃을 올려
소소한 행복을 만들어 가련다
밤마다 별 꿈 달 꿈을 꾸면서

봄, 봄

푸른 솔 빽빽한
산마루로 봄맞이 가는 길
태양이 내려와 자글자글
대지를 만지면 엄지 세워
너무 좋다 외치고

닦아진 임도에는
바람 맛이 달아 윗도리 벗어
왼 팔걸이 매달고 걷다 보면
이마에 서성이는 땀

도시 어느 임도 부럽지 않은
혼자서 만지는 보랏빛 환희
숨기고만 살 수 없어 들키고 마는
산길 나의 선명한 발자국

별을 세며

산딸기가 수줍은 소녀의
볼같이 익어가는 산마루에
하늘을 찌를듯한 자존심 세운
자그마한 교회당
맑은 물소리만 들어서인지
하얀 공기만 만져서인지
마음엔 초롱꽃이 피어있고
밤이면 천사 날개 펴는 꿈을 꾸어요
콩 몇 되 소박한 꿈 땅속에 심고
자식인 듯 보물인 듯 키우면
땀방울 정성마다 열매가 열려요
우린 어둠이 내린 창가에 앉아
하나둘 뜨는 별을 세며
시간 속으로 여행을 간다
내 어릴 적 정거장에 머물면
지금보다 아름다운 별이
하늘에 더 많아 세지 못하고
밤만 깊어 간 유년 시절
얼음 보리차로 식은 내 심장은
유월의 월드컵으로 활활 더 달궈지겠지
이젠 대문 닫고 커튼 내려야겠다

깃발처럼 펄럭이다가

깃발이 펄럭이는 영강 길
바람을 담은 깃발은
몸을 가누지 못한 채 풍량계가 된다
얼마나 흔들렸으면 몸이 찢기는
아픔을 몸부림으로 참아냈을까
바람을 막아서는 일은 무례한 짓이다
듬성듬성 보초병처럼 강변을 외로이 지켜
서 있는 깃발들이 하나같이 풍상을 겪어
한세대 살다 온 노파의 옷차림이다
갈기갈기 찢기고 바라지고
살점이 떨어지고 상처도 깊어
돌아오지 못할 길을 가기도 한다
바람 부는 곳에는 모두 깃발이 된다
너도나도 펄럭이다가 늙어지고
막대기 하나만 덩그러니 남아있는
깃발처럼 우리도 다르지 않은 길을
가는데 서산에 해가 저문다

4부

추억 소환

금강산

윗돌
첩첩이 포개어 하늘에 닿고
운무도 산 위에 걸려
쉬 넘지 못하는가

구름이 방울을 모아
아래로 흘리니
구룡 폭포를 이루어
산속을 울린다

산새들의 노랫소리
귓가를 맴돌고
등성이를 타는 바람
시원도 하다

아~ 금강산이여
민족의 산이여
풀어다오 포승줄을
자유를 다오
얼굴마다 미소를 다오

오늘도 금강산 흐르는 물
통일의 한을 품고 내린다

*2005년 6월 2일 금강산 구룡폭포를 다녀와서.

고추잠자리

담장 위에 꽂힌
철근 대 끝에
현실의 고단한 날개를 쉬는
고추잠자리
빨간색이라 열을 품는지
초복의 뜨거운 열기는 따갑다
왕눈을 껌벅이며
달콤한 휴식을 취하려 하니
날개에 바람 몰아들어
들지도 않은 잠을 깨우고
아이도 덩달아
재밌다고 손 내밀고
살금살금 숨을 죽이니
저녁놀 내려앉는 시간에도
수은주는 높은데
밤새 쉴 보금자리 찾지 못해
아직도 하늘을 비행하고 있는
고추잠자리

여름날의 하루

산속을 빗어 바위 사이를
흘러내리는 물속에 발을 담그고
수박 한입 베어 무니
세상에 부러운 것이 없습니다

윗도리를 벗어놓고
다이빙하는 아이들
빙빙 돌아 솟는 물이
사이다로 착각되고

발을 동동 걷고 물속에 들어가
고디를 주우며 누운 거울을 보니
물속에 미인이 나를 봅니다

석양에 사람보다 긴 그림자는
하루해의 아쉬움 남기고
갈 길을 재촉하는 나에게
눈길 주는 돌 하나 주워
수석 될까 이쪽저쪽 바라봅니다

금오산 추억

내 고향에는
금오산이 있다
그리 높지도 낮지도 않아
아무 때든지 편안하게 오르고
쉽게 친해질 수 있는
내 친구였다

호수를 끼고 올라
대혜폭포까지 걸어
30분이면 빼어난
절경을 경험한다

산꼭대기에 올라
아래를 내려보면
구불구불 흘러가는 낙동강
모든 생명의 젖줄이며
힘의 원천인 것을

금오산, 그는
심신이 지친 사람들을
포근히 안아주는
아늑한 품속이며
시원한 공기와 맑은 물
활력을 내어 품는
산소 정화기이다

내 사랑 금오산
이젠 내 마음속에만 산다

비 오는 오후

가을을 부르는
비라서인가
매일 추적추적 땅을 적시고
마음속에도 소나기 내려
빗물 젖어오는 오후
대기 온도는 텁텁하다

빨랫줄마다
옷을 말리는 풍경에도
물 한 바가지 덮어쓰고
열기를 쫓는다

하루의 기운이 소진되어 가는
하오는 눈꺼풀도 한동안
내려앉아 졸리는 시간

새로 산 디지털전화
산듯한 벨 소리에
고단이 휙 달아나는
눈꺼풀 무게는
밀려오는 피곤의 무게였나 봐

추억

개구쟁이 적에
동심으로 먹는 아련한 꿈은
강가 언덕에 아지랑이처럼 피었어라
그 꿈을 잡으려고 하면
좀 더 앞으로 멀어져서
신기루라 생각했지

철모르는 10살 소년의
가슴속에 피는 그리움도
햇빛 받아 더욱 반짝거리고
안개 속으로 스며드니
추억을 찍네

소년의 가슴속에 가두었던 꿈이
살아 숨 쉬는 파릇함으로
물속을 거슬러 올라가는
송사리와 같이 오르고 올라서
추억이 떠내려가네
강물 따라 마음도 떠내려가고

종이비행기

조그마한 색종이로
종이비행기를 접는다
비행기 날개 위에 푸른 꿈 적어서
높은 하늘 위로 날려 보낸다

어디로 갈는지 모르는
럭비공 같은 작은 꿈
목적지로 잘 가야 할 텐데
떨어져 깨지지 않을는지

떨어지면 또 날리고
또 그리는 종이비행기의 꿈
이룰 때까지 날려 보내련다
쓩
오늘도 떨어진 종이비행기를
다시 접으면서 하루가 간다

산다는 것

시간 속도감이 피부에 닿는다
세월 흐름은 그침과 쉼도 없다
얼마 전까지만 해도
메추리알만 하던 사과가 훌쩍 자라
입의 즐거움으로 자리매김하고
아이들 또한 대순처럼 자라
시행착오의 거친 들을 달려가며
사는 연습이 바쁘다

이렇게 살다가 내일 아침이면
목적지에 달해 내려달라는
역무원 아가씨의 안내방송이
들려올 것 같은 예감 속을 더듬는
조급함에 세월을 먹은 연유로
꼭지가 떨어져 나뒹구는
벌레 먹은 사과를 상상한다

가을 맛

가을밤이면
한 번쯤 잠 못 이룬 날 있는지
모르겠어

괜히 슬퍼지고
눈물 나는 날 있는지
모르겠어
그게 가을 맛이지

어젯밤 뒤척이는 창가로
새벽 별 놀다 가고
한밤을 톱질하며 날개로 음악 뜯던
풀벌레 늦잠 들면

까만 밤을 하얗게 새운 나
어스름 빛 새어드는
빛살 모아 거울 안 얼굴 보니
눈알이 방울토마토 되었네

외딴집

내 살던 신근배미
돌아앉은 외딴집에
집 뒤 커다란 도토리나무
가시나무 울타리가
가을바람에 으스스 부딪는 곳

그곳에
나의 고향 집이 있었다
어린 시절 흑암 속
마실 갔다 돌아오면
공포 이야기가 생각나
마음 졸였지

지금은 도시화로
옛 정취가 하나둘 사라지고
십 년이면 강산도 변한다고 하지만
여간 서먹하지 않다

어릴 적 추억이 생생한
조그만 마당에서
녹차 한 잔 우려 마시고 싶다

노랑 빨강 갈색 추억

가을의
전령사는
색채를 운반하여
잎사귀마다 노랑 빨강 갈색
추억 찍어 흩뿌리고 있다

아기 손가락 같은 단풍잎이
아침 이슬과 함께 내리면
연인들은 일탈을 꿈꾸고
바스락 낙엽 밟는 소리 깊어간다

이쁘게 물든
단풍잎 가지런히 간추려
한 움큼 책갈피로 모은 날

마파람도 미안한 듯
길섶에서 뒷걸음질로
도리질 치고 있었다

우도에서

아침 해 바다에 빠져
불을 달구고
불어오는 바람 뱃머리 휘어잡네

우도 가는 철선에 물결이 부딪고
바다에는 철철철
한 도가니의 콜라가 익는다

숭숭 뚫린 돌담 사이에서
바람 피리는 그칠 날 없어 뵈고
바다에 끌린 낚시꾼의 손끝엔
돔을 낚는 기분이 짜릿하다

서빈백사 산호모래는
황홀한 제주 바다에 발을 담그고
이곳에 서면 우리의 몸은
온통 푸르게 물이 든다

무서리 내리던 날

밤안개가
아침을 토해내면
서서히 열리는 이슬 커튼
사물의 윤곽 드러내
굿모닝 안녕을 묻는 인사로
또 한 잎 물 위에 떨군다

기온의 강하로
녹색 잎 내린 무서리가
생명 있는 것들의 숨통 조였는지
태양 아래서
여기저기 실신해 있는 아침

아직 가을의
노래 한번 부르지 못했는데
아침 뜨락 국화도
부스스 떨고 있다

강가에 쓸쓸히 찬바람일 때면
안개로 나르는
물방울들의 아침 행진에
너나없이 가을 속으로 서서히 빨려든다

세월 뒤에

지는 해는
아침이면 또 뜨는데
세월은 간 뒤에
오리무중 소식 없네

돌아오라
외치면 메아리만 남고
작은 꿈 바람에 실려
구름 타고 떠돈다

그러다
아침이슬 사라지듯
별을 베고 잠이 들면
자명 종소리 요란하게
깊은 잠 깨운다

세월을 낚는
강태공 어이없고
달리는 증기 기관차는
연기 쓰고 달린다

십이월에 서면

한 장 두 장 찢기고
어느덧 열한 장이 뜯기면
단 한 장 남은 달력은
섣달 휘모는 영하의
음지처럼 쓸쓸하다

대단한 각오로
시작했던 결심들이
김빠진 곰국처럼
맛을 잃는다

깜박이는 현란한 불꽃 위
줄지어 졸고 있는 가로등은
내 마음 깊이를 만진다

낙엽처럼 흩어진
작은 결심 주워 모아
아쉬움의 하루를 맨다

그리고 반성문 속에서
후회만 들락날락
다람쥐 쳇바퀴처럼
돌아가는 것을 본다

겨울에 피는 꽃

나그네는
하찮은 것에도 서럽다
먹을 것 많아도 서럽고
좋은 일도 서럽고
달이 밝아도 서럽고
별이 빛나도 서럽다
역겨운 눈물을
못내 참을 수 있음은
본향을 동경하는
가슴이 있기 때문이다
겨울 산 정상에는
눈 녹은 수증기가
하산하려다가
한기에 붙들려 나무에 걸린 채
눈꽃을 피우고 있다
하얀 너의 자태는
꽃 중의 꽃일진대
산 정상이라
보아주는 이 없어 서러울 테지

춘설春雪

눈 내리는 인적 드문 산골
발자국 찍으며 산책한다
발목이 잠기는 눈길은
도보가 힘들기 여간 아니다

먹이 찾아
내려온 이름 모를 산새
풀숲을 비비고
떼 지은 비둘기
이곳저곳 떠돌기만 하고

시간대 움직이는 버스만
쇠사슬을 철거덕거리며
외롭게 지나도
인적 끊겨 잠든 간이정류장엔
찬 기운만 동동동 맴을 돈다

시골행 완행버스

오늘은
완행버스를 타보고 싶은 날
시골행 버스를 타고
이 마을 저 마을 풍경 내다보며
구경하고 싶은 날이다

출발시간이 되어
붕붕거리는 중평이 종점인
완행버스에 올랐다

같은 방향으로 간다는
이유 하나만으로
반가움에 차 안을 한 바퀴 훑쳐보니
나랑 모두 세 명의 손님이다

읍에서 내리고
십 리 안쪽에서 손님을
모두 비워내고
운전사와 덩그러니 남은 나
산모퉁이를 이리저리
휘몰아 오지로 간다

향수에 젖고
외로움에 가슴까지 덜컹거리며
하나만을 위해서
운전해 준 기사가 고맙다
오늘은 천사백오십 원으로
버스까지 대절이다
이것도 작은 행복 첩에 넣는다

작은 돌멩이

말하기 좋다
함부로 말하지 마라

심심하다
연못 속에 퐁당퐁당
생각 없이 던져넣는
작은 돌멩이에도
개구리는 맞아
죽을 수 있으니

너의 손안에 작은 돌이
분통을 터뜨리고
심장을 깨트리고
다리가 부러져
응급실에 실려 갈 수 있으니

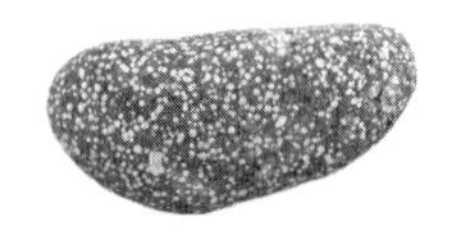

민들레

잡초와 키 재기 하며
노란 옷 입고 살더니
명암의 시린 세월 먹고
냇물 건너 마을로 시집가려고
냉가슴 부풀리고 바람을 기다린다

맑은 물 먹고 자란 담쟁이
붙드는 손으로 어디든 잘 올라
환한 부러움을 샀는데
날개 단 민들레 날아가니
그 날개 어디서 구했냐고
귀엣말로 옷깃을 붙잡는다
여울목 작은 꽃 피우는
꽃 중의 꽃 민들레
한순간에 바람을 타고
목적지 없는 여행을 한다

일기

동구 밖엔 공터가 있다
지금은 웃자란 잡초들이
피워내는 풀냄새와
간간이 수줍게 웃는 이름 모를 꽃
흘러간 추억의
산책로에 드러누워
길손을 맞은 지 해묵었다

다년초 뿌리 같고
고래 심줄 같은 애환
자갈밭 잔뿌리 뼈마디마저
영역의 터전에 희생되는
애달픈 현실 앞에
마디마다 염증 앓는 신음

줄 끊어진 바이올린같이
철거덕거리는 혼탁한 소리
이것이 개선의 음률인가

갈바람

밤에는 창문을 닫고
아침이면 창문을 열고 싶다
싱그러운 에메랄드 영롱한 공기와
깊은 심호흡으로 아침을 만나면
생기 파릇한 봄풀처럼
하루를 시작할 수 있을 것 같아
동안은 밤낮 열기로
창문 한번 여닫지 못하고
뜨거운 공기 속에 갇혀
땀에 젖은 러닝을 훌훌 털며
창밖만 내다보았지
곱슬곱슬 오르는 열기는
체념 속의 마음에 들지 않는 친구였지
어제 햇빛 가리는 바-알을
하늘에 올려 둘렀더니
바람이 오네 창문 너머 갈바람이

그리움이 더 좋다

사랑보다 그리울 때가 좋다
현실보다 기다릴 때가 좋다
갇힌 현실 속에 넣어두고
시야에 또렷이 볼 수 없어도
석류알같이 안에서 익는
생각하고 새겨보는 미지를 그리워한다
산등성이 몇 발짝 남겨두고
머리로는 그림을 그리고
가슴은 울렁거리고
발은 아직 다다르지 않아도
그 땅을 사랑하게 되는
활짝 핀 꽃보다 꽃망울을 터뜨리는
그리고 점점 문을 여는 순간이 나는 좋다
실내가 화려한 석류가 좋다
그리움으로 가는 여로에
꽃망울이 가득한 게 좋다

자평自評

서정시는 시인의 생각과 감정을 표현하는 시로서 고대 로마에서는 B.C. 1세기에 카툴루스와 호라티우스가 서정시를 썼다. 한국의 서정시로는 고구려 유리왕의 〈황조가黃鳥歌〉를 현존하는 최초의 서정시로 본다. 근대문학에서 대표적인 서정시로는 김소월의 산유화, 진달래꽃, 초혼 등이 있고 그밖에 잘 알려진 서정시인으로 한용운, 이상화. 서정주 등이 있다.

서정시는 가장 오랜 역사를 지닌 시의 형식이다. 대상을 자신의 정서와 동일시해 노래하는 형식이다. 밤하늘에 뜬 달이 실제로 슬프거나 기쁘거나 미친 듯이 날뛰거나 하지는 않지만, 그런 달을 '슬프다, 기쁘다, 미친 듯이 날뛴다'고 노래하는 정서가 그러해 그렇다는 것이다.

나는 서정시를 좋아한다. 교과서에 소개되어 온 서정시를 읽으며 흐뭇하게 만족스러운 웃음을 지은 적이 있다. 잘 쓰인 시가 마음에 닿을 때 감동이 오고 공감하며 마침내 애송하고 싶은 마음까지 생긴다. 요즘 여러 부류의 시가 많이 생산된다. 어떤 시는 읽어도 뜻을 이해하기 어렵다. 또 읽고 생각해 봐도 이해가 되지 않을 때 과연 누구를 위해 시를 쓰는지 모르겠다고 하소연하게 된다. 글을 쓰는 작가가 만족할 뿐만 아니라, 글을 읽는 독자들이 이해가 빠른 시를 읽고 같이 공감해주어야 한다고 생각한다. 독자들이 시가 어렵다고 생각되면 점점 시와 멀어질 것이다. 쉬운 시 이해가 빨라 감동이 있는 시가 많이 창작되어야 할 것이다.

나는 이해하기 쉬운 대중 시를 좋아한다. "박태원의 시는 개성이 강한 살아있는 생 언어가 숨 쉬는 시로서 구수한 정감이 드는 작품"이라며 등단 시를 보고 이수화, 도창회 평론가는 말했으며, 내 시집 『절정이다』(청어출판사, 2022년)를 평론한 김송배 시인(한국문인협회 자문위원)도 "박태원 시인은 천성적으로 서정을 추구하는 시인"이라고 했다. "사물과 관념의 은유적 처리에서 모순어법도 찾을 수 없는 아주 평범한 서정적인 시법을 구현하고 있어서 시적 묘미를 확인할 수 있다"고 썼다.

내가 창작한 시 한 편이 독자들의 가슴에 공감을 불러일으키고, 격려하고, 위로하는 작은 외침이 될 수 있다면, 그렇게라도 조그마한 힘을 보탤 수 있다면, 오늘도 내일도 시인의 길을 달려갈 것이다.